Début d'une série de documents
en couleur

COUVERTURES SUPERIEURE ET INFERIEURE D'IMPRIMEUR

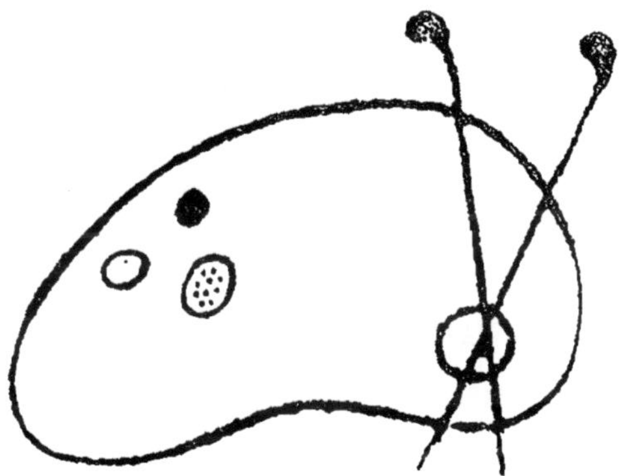

Fin d'une série de documents
en couleur

AVENTURES FANTASTIQUES

DE

MARTIAL BADOCHET

Chateauroux. — Typ. et Stéréotyp. A. MAJESTÉ.

AVENTURES FANTASTIQUES

DE

MARTIAL BADOCHET

PAR

JOSEPH BERTAL

PARIS

LIBRAIRIE CH. DELAGRAVE

15, RUE SOUFFLOT, 15

—

1887

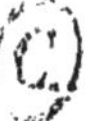

AVENTURES FANTASTIQUES

DE

MARTIAL BADOCHET

I

Canon est un petit village du Calvados, situé non loin de Mézidon, sur la route de Paris à Caen.

Il n'offre rien d'extraordinaire, il ressemble à tous les villages normands : chaque maison y est isolée, entourée d'un jardin, et abritée par les cimes rondes et tortueuses de nombreux pommiers, ces orangers de Normandie.

Si donc, chers Lecteurs, je vous parle de Canon, c'est qu'il a donné le jour au Héros dont je vais vous raconter l'histoire, et qu'il a été le théâtre de ses premiers exploits.

Au commencement de ce siècle, il y avait à Canon un père et une mère qui s'appelaient Badochet et Badochette. Ces Badochet, qui jouissaient d'une honnête aisance, furent long-temps sans avoir d'enfant, ce qui était un grand crève-cœur pour eux; ils enrageaient d'être obligés de laisser leur héritage à des neveux, dont la seule préoccupation, pensaient-ils, serait de désirer leur mort. Et puis un marmot les eut distraits.

Enfin, Notre-Dame-de-Bon-Secours, que les Badochet imploraient souvent, touchée de leur douleur, leur accorda l'héritier tant désiré!

C'était un gros garçon, qui, comme Mahomet, se mit à rire en venant au monde; et, à l'époque où il naquit, le bruit des tambours laissant à peine entendre celui des cloches, on lui donna au baptême le prénom de MARTIAL. Ce prénom était tout à fait dans les idées du temps et cadrait parfaitement avec le nom du village. Du reste, la suite nous prouvera que le marmot était digne de le porter.

Les baptêmes sont joyeusement fêtés en Normandie. Celui du petit Badochet surpassa tous les autres. Ce ne fut ce jour-là dans le village que bruit de tambours, de pétards et de fusils; et comme les Normands sont très portés aux plaisirs de la table, il me serait impossible de

Badochet et Badochette.

vous dire tout ce qui se mangea, et combien il s'absorba de pots de cidre, de glorias, de rinchettes et de rinchinettes. Tout ce que je sais, c'est que la maison fut vidée de la cave au grenier, et que la basse-cour fut dépeuplée de fond en comble. Mais on ne baptise pas tous les jours un Martial Badochet!

Notre héros grossit à vue d'œil; à dix mois il aurait dévoré le sein de sa mère, si elle ne l'eût sevré. Cela fait, le mioche fut livré à lui-même, et les Badochet ne s'occupèrent plus que d'augmenter le patrimoine de leur héritier.

Ils possédaient une charmante maisonnette

Martial dans son royaume.

bâtie sur la lisière d'un riant herbage ombragé de beaux pommiers. En face de l'habitation s'étendait une basse-cour bornée par des étables donnant asile à de nombreux animaux domestiques.

Cette basse-cour fut le premier royaume de Martial; c'est là qu'il s'éleva comme un champignon dans la terre et le fumier; c'est là qu'il régna sans gêne du côté de ses parents, comme du côté de ses vêtements. Libre comme l'air, ayant pour tout costume un lambeau de chemise, il pataugeait du matin au soir, avec les porcs, les poules et les canards ; parfois même, le soir venu, on le trouvait endormi dans une

Suite d'une mauvaise pensée.

étable au milieu de ses chers camarades de la journée.

Martial menait la vie d'un vrai Robinson ; seulement son île était une basse-cour. Turbulent, volontaire, il poussait jusqu'au délire l'amour du jeu et de l'espièglerie ; il était malin comme un singe, et il avait toutes sortes d'inventions qui prouvaient que c'était un enfant bien avisé. Dans son ardeur, il ne calculait ni les obstacles, ni les distances : voyait-il les canards dans la mare, crac ! il faisait un plongeon dans l'eau ; apercevait-il un beau fruit, un nid d'oiseau à la cime d'un arbre, agile comme un écureuil, il parvenait, en un clin d'œil, à l'objet désiré. Et comme rien ne lui paraissait impossible, il lui prenait même quelquefois fantaisie de posséder la lune ; alors, pour décrocher l'astre brillant des nuits, il montait sur une chaise, grimpait aux échelles, escaladait le toit de la maison, et lorsqu'il s'apercevait enfin de l'impuissance de ses efforts, il criait, tempêtait, désolait sa mère qui ne pouvait s'en débarrasser qu'en lui donnant une de ces gifles à faire voir trente-six chandelles.

Un jour, Mme Badochet se préparait à laver dans un baquet le linge de la famille. Ce que voyant, Martial eut une mauvaise pensée. « Tiens, se dit-il, si je faisais couler l'eau du baquet ! » Mais comment le faire sans qu'on s'en aperçoive ? Après quelques réflexions, il va chercher une vrille, et, profitant d'une courte absence de sa mère, il se penche sur le baquet

et plonge dans l'eau la main armée de l'instrument; mais dans son ardeur au travail, perdant
l'équilibre, il pique une tête dans la lessive.
Mère Badochette, qui survint sur ces entre-
faites, couronna l'œuvre en lui administrant
quelques bonnes claques et en l'envoyant cuver
son eau au milieu de ses compagnons ordi-
naires, lesquels, fidèles au malheur, s'empres-
sèrent de lui prodiguer toutes sortes de conso-
lations.

II

Cependant, notre Héros grandissait, et son
penchant à l'espièglerie augmentait de jour en
jour. Dédaignant bientôt la maison paternelle,
il s'en allait vagabonder dans le village, recru-
tant tous les mauvais sujets de l'endroit, comme
faisait jadis, dans son enfance, au bourg de
La Motte-Broons, un fameux connétable de
France, Bertrand du Guesclin.

Les paisibles habitants de Canon ne tardèrent

pas à être sens dessus dessous. L'esculape du lieu, le bon M. Tourly, fut surtout l'objet des attentions de notre vaurien, en reconnaissance de quelques drogues qu'il lui avait administrées récemment dans une légère indisposition, car Martial se gardait bien d'être sérieusement malade. Aussi ne passait-il jamais devant la porte du pauvre docteur sans crier à tue-tête:

Qui court après le Mière (médecin),
Court après la bière.

Mais, avant d'aller plus loin, faisons connaissance avec cet humble guérisseur de l'humanité.

M. Tourly n'était pas, bien certainement, un puits de science, un aigle, comme on dit vulgairement; il n'était ni docteur en médecine, ni docteur ès-sciences, ni même bachelier; c'était tout simplement un empirique, mais un empirique pris dans le bon sens du mot; il avait fait ses études médicales auprès de son père, humble praticien de village comme lui; mais à force de voir des malades, de les soigner avec le cœur, il était parvenu à diagnostiquer sûrement une maladie et à la guérir le plus souvent avec les remèdes les plus innocents, parfaitement secondé qu'il était par son excellent jugement. Convaincu, du reste, que dans la plupart des maladies, le moral demande autant de soins, sinon plus, que le physique, sa méthode consistait à égayer les malades qu'il aimait comme un père aime ses enfants ; et puis l'air de sa figure était si bon, si réjouissant, que son sourire tenait lieu de remède, ce qui faisait dire universellement de lui « qu'il ferait rire un mort », bien différent en cela de ses confrères des villes, lesquels, pour se donner de l'importance, interrogent si gravement et si funèbrement leurs malades qu'ils répandent autour d'eux une odeur de cimetière.

Aussi, lorsque le matin, dans la campagne, le bon M. Tourly trottinait à l'amble sur *Cocotte*, sa vieille jument grise, maigre, longue, efflanquée, les paysans appuyés sur leur instrument de travail disaient : « Voilà *Père la Santé* qui passe. » Et de bien loin ils ôtaient respectueusement leur chapeau devant lui.

Cet excellent homme était l'objet de toutes

sortes d'espiègleries de la part de notre mauvais drôle. Vous allez en juger :

Un soir d'hiver, par une de ces sombres nuits qui prêtent si bien aux visions fantastiques, Martial eût l'infernale idée d'attacher un os de mouton au cordon de sonnette de la porte extérieure de la maison du docteur. Cela fait, il va ramasser plusieurs chiens du village et les conduit à l'appât qu'il a eu soin d'attacher solidement à une hauteur convenable. Aussitôt toute la troupe canine se précipite à l'envi sur le cordon, et la sonnette est agitée de manière à faire croire à quelque intervention surnaturelle. La servante du docteur, plus morte que vive, court à la porte, mais elle pousse un cri d'effroi et s'évanouit en apercevant dans les ténèbres des masses informes qui jettent des lueurs phosphorescentes, et qu'elle prend pour des *Goublins,* ces farfadets normands, objets de tant de superstitions dans le pays. Heureusement le docteur arriva, un flambeau à la main, et le mystère fut éclairci. Il reconnut, dans les perturbateurs nocturnes, Azor, Médor, Hector, Phanor, et quelques autres chiens du voisinage, dont les noms finissaient également en *or*.

M. Tourly ne se trompa pas sur l'auteur de l'espièglerie, car la réputation de notre Héros était trop bien établie à ce sujet; mais comme

Le châtiment.

c'était un excellent homme, il laissa à Dieu le soin de le venger.

Le châtiment ne se fit pas attendre.

A ses différents défauts que nous avons énumérés, Martial en joignait un autre: il était gourmand; il aimait surtout les douceurs, et le miel était l'objet de ses prédilections. Mais, en vrai sybarite, supposant avec raison que le miel, pris tout frais à la ruche, devait être, comme le fruit mangé sur l'arbre, beaucoup meilleur, il résolut de former complètement sa conviction à ce sujet. Ayant avisé quelques ruches qui se trouvaient dans un verger du voisinage, par une belle matinée de juillet, il s'achemina, à pas de loup, vers l'objet de sa convoitise, ayant ouï dire que, pendant les grandes chaleurs, les abeilles vont de bonne heure aux champs butiner de fleur en fleur. Le drôle comptait sans la Reine de la ruche. La vigilante souveraine veillait au logis entourée de ses dames d'honneur. Aussi, à peine le petit gourmand eut-il introduit le bras dans le palais de la gent ailée, que la Reine, suivie de sa cour, se précipita sur l'audacieux, et lui administra une correction en règle. Bientôt le malheureux, criblé de blessures, poussa des cris de paon, appelant à son aide tous les saints du Paradis, lesquels ayant eu pitié de sa douleur envoyèrent à son secours le propriétaire du verger qui le délivra de ses ennemis et le reconduisit à ses parents. Mais hélas! dans quel état affreux sa figure était! Jugez-en par le fidèle portrait que nous en donnons : ne dirait-on pas une monstrueuse pomme de terre, avec ses renflements, ses cavités et ses tubercules?

L'accident pourtant n'eut pas de suites fâ-

Suite du châtiment.

cheuses : quelques lotions d'eau salée, et l'extraction des aiguillons laissés par les abeilles dans les piqûres, rendirent bientôt à son état naturel la face révolutionnée de notre Héros.

Cependant les Badochet, ayant réfléchi qu'il était temps de mettre un frein aux débordements de Martial, résolurent de l'envoyer à l'école, pensant que l'éducation et le travail ap-

porteraient quelques modifications au caractère par trop impétueux de leur héritier. Et
puis, il avait douze ans, et il ne connaissait pas
la première lettre de l'alphabet.

Canon étant, à cette époque surtout, un trop
petit village pour posséder une école, on décida
de l'envoyer à Mézidon, où un ancien précep-
teur de bonne maison, déclassé par la Révolution, enseignait les premiers éléments de la
langue française aux enfants de la contrée.

Par une chaude matinée d'août, le nouvel
écolier, fier comme Artaban, le nez au vent,
plein d'orgueil de lui-même, son bonnet de co-
ton crânement posé sur le côté de la tête,
s'achemina vers la source de science qui allait
faire de lui un homme. Il trouva, ce jour-là, la
campagne plus belle que jamais; ses oreilles
étaient remplies de mille harmonies, ses yeux
pleins de mille spectacles; il s'arrêtait à tous
les coudes du chemin pour jouir, à son aise,
des milles beautés champêtres que la bienfai-
sante nature étalait à ses regards, avec une
prodigalité dont jusqu'à ce jour il ne s'était pas
encore aperçu. Que voulez-vous? il était heu-

reux d'aller à l'école, les enfants aiment tant
le nouveau !

Mais, pendant sa marche buissonnière, le
soleil avait rapidement avancé dans sa course,

Cruelle situation.

et bientôt l'astre brillant du jour se mit à dar-
der brutalement de trop chauds rayons sur
la tête déjà si inflammable de notre écolier.

Tout à coup, à un détour de la route, un déli-
cieux jardin se présente comme par enchantement à ses yeux éblouis : c'était un paradis où

s'étalaient à profusion les plus belles fleurs et
les plus beaux fruits. Martial tomba en contem-
plation devant toutes ces merveilles. Quel
bonheur! pensa-t-il en lui-même, de jouer
dans ces allées si bien sablées, aux arbres si
bien peignés, et, par cette chaleur accablante,
de savourer des fruits si appétissants à l'ombre
de ces berceaux verdoyants où se mêlent fraternellement les pampres et le chèvrefeuille?

Comment résister à tant de séductions?
C'était vraiment trop pour son cœur si léger!

Oubliant l'école et le magister, Martial esca-
lade prostement le petit mur de clôture qui le
sépare de ce jardin des Hespérides, et le sourire aux lèvres, les yeux brillants du bonheur
qu'il va goûter, il s'élance comme un papillon
au milieu des fleurs et des fruits; il arrive ainsi
au pied d'un beau poirier dont les fruits appétissants se balancent mollement au gré du zé-
phyr. Déjà notre Héros se cramponne à l'arbre,
lorsqu'il entend, hélas! derrière lui des aboiements furieux; il se retourne l'âme remplie
d'angoisses, et il aperçoit, horreur! un énorme
chien de garde qui, par bonds désordonnés,

s'avance vers lui. Martial reste immobile, glacé d'effroi ! Mais bientôt rappelé à lui-même par le danger qui le menace, il s'élance, comme un chat effrayé, sur une des branches du poirier tutélaire.

Il était plus que temps ! le molosse, déjà sur ses talons, avait eu la satisfaction de lui enlever une partie du fond de sa culotte ; et même, le dirai-je? quelque chose de plus que la pudeur m'empêche de nommer.

Le premier moment d'émotion passé, Martial se souvint qu'il n'était pas sur un poirier pour bayer aux corneilles. Il allongea la main et, prenant une belle poire, il la croqua à belles dents ; il la trouva délicieuse, la peur n'avait pas perverti son goût ; après celle-ci il en prit une autre, et ainsi de suite jusqu'à la demi-douzaine.

Néanmoins, tout en croquant le bien d'autrui, notre Héros jetait de temps en temps des regards inquiets sur son trop fidèle gardien qui, à son grand désespoir, ne le perdait pas un instant des yeux, paraissant même suivre avec un intérêt marqué les moindres mouvements du petit prisonnier.

Hélas! le *quart d'heure de Rabelais* arriva : la nuit s'avançait ; il fallut songer au départ.

Mais comment partir? le dogue continuait de le contempler avec la même extase.

Pourtant, il sembla à Martial que son gardien le regardait avec plus de convoitise que de colère.

— Tiens! se dit-il, est-ce que par hasard il aurait envie de faire comme moi? Et il lui jeta un morceau de poire ; le chien attrapa l'objet au vol, mais il le rejeta tout aussitôt, en ayant l'air de dire qu'un peu de pain ferait bien mieux son affaire.

Martial comprit l'expression de l'animal. Se rappelant, alors, qu'il avait encore dans son sac d'écolier les provisions que sa mère lui avait données le matin en partant, il prit un morceau de pain et un peu de viande, et les jeta au molosse ; cette fois, celui-ci fit non seulement bon accueil au cadeau de Martial, mais par les mouvements réitérés de sa queue, il sembla solliciter pareille aubaine ; notre Héros répondit si bien à son appel, qu'au bout d'un quart d'heure les provisions étaient épuisées et que chien et écolier étaient les meilleurs amis du monde.

Pourtant Pollux, ainsi s'appelait le nouvel ami de Martial, n'était pas un chien pour rire ; c'était bel et bien un féroce animal qui, sans avoir trois gueules comme Cerbère, n'en aboyait pas moins aussi fort et aussi dru ; le son de sa voix qui avait le volume de celle d'un chantre de cathédrale, portait le trouble et l'effroi à un kilomètre à la ronde ; et, même lorsqu'il était attaché, les plus déterminés n'osaient en approcher à plus d'un mètre, tant son aspect était terrifiant. Mais Martial avait une influence particulière sur les animaux. Aussi, non seulement put-il descendre impunément de son arbre, mais encore lorsqu'il fut à terre, Pollux, par mille simagrées, sembla demander pardon à son Castor, d'avoir si mal agi envers sa culotte.

Gourmandise, voilà de tes coups ! un mauvais déjeuner d'écolier avait triomphé de la vertu du plus fidèle des cerbères.

Le moment de se quitter était enfin arrivé, Pollux reconduisit son nouvel ami jusqu'à la la frontière de ses États, et là ils se dirent adieu, en se faisant mille caresses.

Une demi-heure plus tard, Martial rentrait à
la maison paternelle tout heureux de sa journée. Il dit effrontément à sa mère, qu'il avait
été le premier de la classe, et quant à sa culotte il lui fit un conte invraisemblable que la

A l'école.

bonne femme, dans sa naïveté prit pour de l'argent comptant.

Le lendemain, de grand matin, notre Héros
s'empressa de reprendre le chemin de l'école,
avec l'intention bien arrêtée de dire un petit
bonjour à son ami Pollux et aux fruits du jardin. Cruelle déception! le jardinier, qui avait
eu vent de l'infidélité de l'animal, veillait aux
fruits, et la pauvre bête expiait sa faute la

chaîne au cou. Mais si Pollux ne vit pas son ami, lorsqu'il passa devant la porte de la cour où il gisait enchaîné, il le sentit bien, et, de sa voix la plus plaintive, il lui envoya un touchant

Un bain qui n'est pas de vapeur.

adieu, auquel Martial répondit par un adieu non moins touchant. Le cœur ému et l'estomac légèrement irrité, notre écolier s'avança alors à pas lents vers Mézidon, où il arriva au moment où la classe du matin allait finir.

Son entrée fut saluée de mille acclamations

2

par ses futurs camarades, prévenus de son arrivée. Que voulez-vous? sa réputation rayonnait à dix lieues à la ronde, les écoliers l'attendaient comme le Messie; ils avaient besoin d'un chef. Mais M. Brindoison, le maître d'école, fut beaucoup moins enthousiaste pour notre Héros ; il devina en lui un adversaire redoutable. Un coup de maître était donc nécessaire.

Mettant immédiatement en pratique cette maxime : *Qui épargne la verge, gâte l'enfant,* il administra sur l'heure, et *coram populo,* à son nouveau disciple plusieurs coups de fouet, sous le prétexte qu'il était arrivé tardivement à l'école.

Martial cria, tempêta; c'est tout ce qu'il put faire pour le moment, il était le plus faible.

M. Brindoison n'était pas un homme ordinaire : il était issu d'un Gascon et d'une Normande! c'est tout dire. Il alliait à la ruse du renard l'orgueil du paon; ajoutez à cela qu'il était bavard comme une vieille pie et gourmand comme un crocodile.

Pour son physique : un corps gros et trapu,

des jambes torses, le tout surmonté d'une tête rabelaisienne.

Il était marié et père d'une petite fille de dix ans. Mme Brindoison était en tout et pour tout le digne pendant de son époux. Quant à Rosamonde, leur fille, c'était un modèle de beauté, de modestie et de frugalité, par conséquent l'inverse des auteurs de ses jours.

Martial était à l'école de M. Brindoison ce qu'il était avant d'y aller, c'est-à-dire un franc mauvais sujet, un véritable trouble-tout, malgré la sévérité du magister qui donnait toujours à notre Héros, assez audacieux pour le braver, double ration de verge et de férule.

Les habitants de Mézidon eurent aussi leur part dans les espiègleries du jeune écolier.

Depuis quelques jours il était arrivé dans cette localité une troupe de comédiens à quatre pattes qui, par leur savoir et leur intelligence, faisaient la joie des bons habitants. C'étaient des chiens de bonne race qui, sous la direction d'un industriel ambulant, jouaient admirablement la comédie. Jamais Mézidon n'avait assisté à pareille fête, aussi les petits comédiens faisaient-ils de fructueuses recettes.

Un jour qu'en plein air ils donnaient une représentation au milieu d'un cercle serré de curieux, notre Héros survint et usant des coudes et de la tête, réussit à se placer au premier rang. Le spectacle le charma d'abord; comme tout le monde, il rit à gorge déployée des danses des chiens savants.

Mais Martial n'était pas homme ou plutôt enfant à se contenter longtemps de la même chose. Une idée infernale lui traverse tout à coup la tête : il retire sournoisement de son sac un morceau de viande destiné à son goûter, et, au moment où les petits comédiens dansaient en cadence au son d'un fifre et d'un orgue de Barbarie, il jette subtilement son appât au milieu de la troupe canine.

A l'odeur de la viande tous les danseurs perdent aussitôt la mesure, et n'ont plus ni jambes ni oreilles; ils se mettent à japper, à se prendre au collet, et à se jeter avec furie les uns sur les autres pour attraper l'appât désiré; bientôt leurs aboiements confus couvrent l'orchestre et le désordre dégénère en tumulte si affreux, qu'il se communiqua même aux spectateurs. Mais pendant que le directeur de la troupe rétablissait l'ordre à bons coups de fouet, notre Héros, profitant de la bagarre, s'enfuyait à toutes jambes, riant sous cape du bon tour qu'il venait de jouer.

Cependant l'hiver était venu avec son cortège de glaçons et de frimas. Ne pouvant plus voler de fruits, notre écolier s'amusa à faire, à coups de pierres, une chasse acharnée aux bêtes et aux oiseaux.

Par une belle matinée de décembre, il cheminait lentement, suivant son habitude, sur le chemin de Mézidon, lorsqu'en passant auprès d'un grand étang dont le froid avait congelé la surface liquide, il aperçut un gros Lapin, mais un étrange Lapin qui, comme un écolier en goguette, s'exerçait à faire sur la glace les glissades les plus grotesques. Martial, ahuri d'abord d'un tel spectacle, ne peut en croire ses yeux. Il regarde, il regarde encore et il se convainct enfin qu'il voit bien un gros Lapin faisant de singulières gambades.

Quelle superbe aubaine !

Tête baissée, il s'élance sur la glace à la poursuite d'un pareil gibier ; mais à peine a-t-il fait vingt pas, que la glace se rompt sous ses pieds et que notre petit chasseur prend un bain qui vraiment n'était pas un bain de vapeur.

Heureusement l'étang était, en cet endroit, peu profond, et Martial put sortir après quelques efforts du mauvais pas où il s'était imprudemment fourré.

Hélas ! qu'un chaud rayon de soleil eût été pour lui, en ce moment, nécessaire !

Mais l'astre du jour prodiguait ailleurs ses faveurs.

Notre Héros dont les dents claquaient en fut réduit, pour combattre les effets pernicieux de son bain par trop réfrigérant, à se serrer fortement les côtes avec ses petits bras raidis par le froid ; et, penaud comme un chien qu'un lapin aurait pris, il regagna en pleurnichant et en grelottant la maison paternelle, pendant que, pour comble d'humiliation, l'étonnant rongeur dansait, sur ses talons, un menuet en lui faisant un pied de nez.

Lorsque Martial arriva chez lui, ce n'était plus qu'un bloc de glace; pour le déshabiller, sa mère fut obligée de le faire fondre à la chaleur d'un bon feu de branches sèches; puis elle le fourra plus mort que vif dans un lit bien

La visite du docteur Tourly.

chaud. Il était temps: notre Héros allait rendre l'âme.

Le bon docteur Tourly, mandé aussitôt, s'empressa d'accourir, heureux de rendre au méchant écolier le bien pour le mal. Mais, malgré les révulsifs les plus énergiques, Martial fut pris d'une fièvre des plus ardentes, et, le lendemain, une fluxion de poitrine se déclara avec les symptômes les plus alarmants.

Deux jours après, notre Héros dormait d'un sommeil troublé, quand il ressentit tout à coup à la tête une douleur si vive qu'il en fut réveillé. Il ouvrit les yeux; horreur! Il faillit s'évanouir à la vue du plus terrible des spectacles :

Sur son oreiller était perché un affreux petit lutin, lequel, armé d'une vrille, s'amusait à lui trouer le front pour en faire sortir toutes les malices, cause de tant de troubles dans sa vie. A ses pieds se prélassait, la pipe à la bouche, comme chez lui, le diable en personne, attendant sans doute le moment de pouvoir emporter notre Héros dans ses États infernaux. L'aspect du démon était effrayant; son corps, couvert de poils rudes et noirs, était long et osseux; de grandes cornes menaçantes surmontaient son front; sa face horrible était ornée de longues oreilles pointues; il avait un museau comme on n'en voit point; ses yeux lançaient des regards terribles; ses pieds étaient fourchus, des griffes remplaçaient ses mains ; enfin, une longue queue, s'allongeant capricieusement sur le lit, terminait le diabolique personnage.

A la vue de l'abominable monstre, Martial poussa un effroyable cri, et portant instincti-

Le cauchemar.

vement la main à son front, il fit le signe de la croix. A ce signe divin, le petit lutin s'évanouit comme une ombre, et le démon atterré fit entendre un ricanement lugubre; mais se levant tout à coup sur la pointe de ses pieds fourchus, d'une voix si rauque qui fit tout trembler, il condamna notre Héros, en punition de ses fautes, à errer longtemps, loin des humains, dans un monde inconnu. Puis il disparut avec un bruit étrange, laissant derrière lui une forte odeur de soufre.

A peine le démon eut-il disparu, qu'il se fit dans le cerveau de Martial un bouleversement extraordinaire, et il se vit transformé : il était sur le bord de la mer, habillé en matelot.

En mousse.

A cinq cents pas du rivage, un navire en panne se balançait doucement au gré des flots. Tout à coup il s'entendit appeler par son nom, et il vit un inconnu en costume de marin comme lui qui, lui ayant fait signe de le suivre, le fit monter dans une petite barque et le conduisit au navire.

Quand il fut sur le pont, le bâtiment mit à la voile. Bientôt la terre s'évanouit à l'horizon, et Martial ne vit plus devant lui que les majestueuses ondulations de la mer s'allongeant en immenses vagues argentées. Déjà, depuis longtemps, la terre avait disparu à ses yeux, lorsque tout à coup la mer, bouleversée par les vents, s'éleva en montagnes écumantes ; le tonnerre gronda sur l'effroyable abîme, la foudre sillonna le ciel zébré de nuages noirs ;

Un vilain moment.

les cordages du navire, comme des âmes en peine, poussèrent des gémissements plaintifs ; bientôt le bâtiment, jeté par la rafale sur un écueil, se brisa et disparut en mille débris dans les profondeurs insondables de l'Océan.

Longtemps ballotté, comme un corps sans âme, par les flots en courroux, Martial cram-

ponné à un débris du navire, commençait, enfin, à revenir à lui-même, lorsqu'il vit avec
une émotion étrange s'avancer majestueusement vers lui un monstre aux formes les plus
colossales, et qui, d'une aspiration formida-
ble, l'attirant tout à coup à lui, le fit dispa-
raître dans ses flancs avec la même facilité que
notre Héros eut englouti un pépin de pomme.

III

Je laisse maintenant, chers Lecteurs, notre
Héros vous raconter lui-même ses aventures
fantastiques :

« Épouvanté, ahuri, je reçus une impression telle de mon passage dans un monde si inconnu, que je chancelai et m'évanouis.

« J'ignore combien de temps je restai dans
cet état. Rendu à moi-même par l'effet d'un
singulier chatouillement, je rouvris à demi les
yeux, et j'aperçus un être d'une forme étrange
qui mordillait un de mes mollets : c'était un

Homard, à jeun sans doute, qui s'apprêtait à faire un succulent repas.

« Le danger qui menaçait un de mes membres inférieurs relevant mon énergie, d'un coup de pied bien appliqué, j'envoyai rouler à dix pas de moi le vorace carnivore. Cet acte sommaire accompli, et sans me préoccuper, du tout des regards haineux et vindicatifs que me lançait l'audacieux crustacé, je sentis le besoin de me rendre compte de ma position, et je promenai, avec un étonnement naïf et curieux, les yeux autour de moi.

« J'étais en nombreuse et singulière compagnie! Les flancs du Monstre marin qui, malgré moi, me donnaient l'hospitalité, me firent l'effet d'un vaste dépôt général où se trouvaient entassés, pêle-mêle, toutes sortes de choses et d'individus de formes les plus grotesques. Mais j'étais seul de mon espèce! Aussi ma personne semblait-elle exciter parmi ces gens un étonnement non moins grand que celui que j'éprouvais moi-même en présence de tous les êtres inconnus qui grouillaient autour de moi.

« Depuis quelques instants, je contemplais

cette cohue disparate, lorsque je vis s'avancer vers moi, comme une avalanche, une bande innombrable de petits vauriens, marchant en bataillons serrés sous les ordres d'un général en chef qui n'était autre que l'impudent Homard que j'avais si bien corrigé.

« A l'aspect menaçant de ces drôles qui, quoique de bien plus petite taille, avaient une certaine ressemblance avec leur chef, et lesquels, je l'ai su plus tard, étaient de misérables Crevettes, j'éprouvai un certain sentiment d'épouvante. Sans soutien, dans un pays inconnu, je jugeai prudent de battre en retraite devant cette racaille plus nombreuse que les étoiles du ciel. Mais, hélas! ma pusillanimité doublant leur courage, je fus bientôt entouré et assailli de tous côtés. Je ne sais vraiment ce qui serait advenu de ma pauvre personne, si la Providence n'était venue à mon aide, en mettant sur mes pas une grande porte vitrée à travers laquelle je distinguai les flots agités de la mer. La peur doublant mes forces, je travaillai si bien des mains et des pieds qu'en peu d'instants je parvins à y pratiquer un passage par lequel je décampai au plus vite.

« Sans m'en douter je venais de faire un Horatius Coclès du Monstre qui m'avait si lestement. avalé : c'était par un de ses yeux que j'avais échappé à mes innombrables ennemis.

L'évasion.

En vérité, le deuil n'était pas grand pour le monde marin ; car mon hôte, fils d'un Requin et d'une Baleine, était bien le monstre le plus hideux qu'il fût possible de voir.

« Cependant, j'étais tombé tout naturellement dans la mer. Mais que faire là, sans le moindre petit guide pour vous indiquer votre chemin ? Après quelques instants de réflexion, prenant un grand parti, je piquai une tête dans l'eau salée, je me dirigeai vers les profondeurs inconnues des régions marines.

« Je ne sais combien dura mon voyage, n'ayant pas de montre sur moi ; j'arrivai enfin dans une charmante vallée entrecoupée de rochers, de sable et de verdure dont le riant aspect me plut infiniment.

« Mais j'étais brisé par les nombreuses émotions qu'en si peu de temps j'avais éprouvées, et mon estomac, privé depuis plusieurs jours de nourriture, me criait à tue-tête, qu'il avait, comme la nature, horreur du vide ! En conséquence, avant de reposer mes membres endoloris, je voulus faire droit aux justes réclamations de mon organe nutritif.

« Précisément, flânaient autour de moi une foule de petits coquillages, et à quelques pas de la place où j'étais, se prélassait sur un petit banc de rocher une famille d'huîtres dont les différents membres, grands et petits, me regardaient d'un air assez aimable.

« Je croquai quelques coquillages qui voulurent bien se laisser faire sans regimber, et je m'avançai ensuite vers le banc d'huîtres pour

achever dignement mon repas. Mais, se dou-
tant de mes intentions, toute la nichée se mit,
à mon approche, à me faire les grimaces les
plus horribles et se voila la face.

« Je ne me laissai pas intimider par ces ma-

Une famille d'huîtres.

nières, et sans me préoccuper des imprécations des parents et des lamentations des enfants, je m'emparai d'une douzaine de ces
mollusques rébarbatifs que je trouvai vraiment
excellents.

« Ma faim apaisée, je songeai à donner
également satisfaction à mes membres fati-
gués.

« A cet effet, je cherchai autour de moi un gîte commode. Heureusement se trouvait par là un très beau et très gros coquillage vide de son propriétaire. Tout joyeux de ma trouvaille, je m'y faufilai en me faisant le plus petit et le plus invisible, dégustant d'avance l'immense bonheur que j'allais goûter.

« Hélas! qui compte sans son hôte, compte deux fois, dit le proverbe. Cela devait être trop vrai pour moi!

« J'étais installé depuis à peine quelques instants dans ma délicieuse coquille, lorsque, attiré malgré moi par un bruit étrange, je mis le nez à la porte de ma rustique demeure. Horreur! j'aperçus à quelques pas de moi un Monstre à figure sinistre, dont les moustaches hérissées, les longues défenses recourbées et les griffes menaçantes me glacèrent de terreur. Me sentant défaillir, je me retournai la face contre terre, montrant au Monstre l'endroit où le dos perd son nom; et supposant, dans ma naïveté, qu'il ne m'avait pas aperçu, je cherchai à m'enforcer le plus profondément possible dans ma coquille.

« Peine perdue, espoir trompé ! Le Monstre m'avait parfaitement aperçu ! Et très vexé, sans doute, de mon impolitesse, il me prit par le bas de ma culotte et, m'attirant brusquement à lui, il me força à regarder sa vilaine face.

Le Morse protecteur.

« Plus mort que vif, je tombai à ses genoux et j'implorai sa clémence. Pour toute réponse, il me fit les gros yeux et, d'un ton sans réplique, il me demanda qui j'étais, d'où je venais, ce que je faisais.

« Je lui racontai en sanglotant mes malheurs.

« Franchement, on a quelquefois tort de juger les gens sur l'apparence. Car le Monstre qui m'effrayait tant, et qui était tout simplement un Morse, avait l'âme aussi belle que sa figure était laide.

« Touché de ma peine et de ma jeunesse, il me dit avec une bonté toute paternelle : « Pauvre enfant ! je ne te rendrai pas responsable de la cruauté de tes pareils que, pour mon malheur, je n'ai que trop connus ; car, sans pitié, ils m'ont fait orphelin. Ne les imite pas dans la longue carrière que tu as, sans doute, à parcourir ; rends au contraire le bien pour le mal ; et, exempte ainsi de remords, ta vie s'écoulera plus douce et plus heureuse. Sois donc sans crainte, je te prends sous ma protection pendant tout le temps que tu désireras rester dans notre empire. » Et après avoir prononcé ces belles paroles qui me plongèrent dans une incommensurable félicité, mon nouveau Protecteur me tapa affectueusement sur la joue, et me passa ensuite avec délicatesse les griffes dans les cheveux, pour en ôter une multitude de petits mollusques et de coquillages de toutes espèces qui s'y étaient malencontreusement attachés.

« Ma toilette achevée, il m'offrit de me faire les honneurs des contrées humides où le hasard m'avait conduit. J'étais à Ichthyopolis, capitale d'un Empire marin de l'océan Atlantique.

« Ce jour-là, toute la population était en fête. Un Homard de distinction mariait une de ses filles avec un jeune Crustacé qui ne le cédait en rien à son auguste beau-père. Les mœurs des habitants me parurent en général fort douces, et la joie naïve que tout le monde montrait dans les amusements publics me toucha profondément. De temps en temps, il est vrai, comme passe-temps ou pour se faire bonne bouche, un poisson en avalait un autre; mais partout les petits ne souffrent-ils pas de l'appétit des grands? Du reste, quoique étranger, tous ces braves gens me faisaient un charmant accueil, m'invitant cordialement à partager leurs plaisirs champêtres. Il est possible aussi que la haute protection que m'accordait mon ami le Morse contribuât quelque peu à ce bon accueil; car il n'était pas animal à se laisser marcher sur la patte. C'étai un rude et fort gaillard de vingt pieds de long qui savait se faire respecter et faire respecter ses amis.

« Tout en flânant, nous rencontrâmes un vieux Requin, solitairement assis sur un banc de pierre et lisant gravement, la pipe à la bouche, l'*Anthropophagie*, journal des plus subversifs, rédigé par un groupe de Requins et de Crocodiles.

« Ce vieux Requin, auquel le Morse désira dire bonjour, était un philosophe qui, après avoir longtemps mené joyeuse vie, avait renoncé, sur le déclin de l'existence et n'ayant plus de dents, aux jouissances du monde et s'était fait philanthrope. Chose rare chez les vieux viveurs, il était plein d'indulgence pour tout le monde! Ne rêvant que la paix universelle, il combattait à outrance les principes violents de l'*Anthropophagie*, qui cherchait à propager parmi les habitants des mers l'art de dévorer les hommes, en indiquant les meilleurs moyens de les attraper.

« Après quelques instants de causerie, nous

quittâmes le vieux Requin philanthrope pour continuer notre promenade. En passant sous les croisées d'un restaurant en renom, notre attention fut attirée par d'étranges éclats de rire.

« Ce rire avait quelque chose de strident et de sinistre qui donnait froid au dos. Mon Protecteur, s'étant aperçu de mon émotion, m'ap-

Le Requin philosophe.

prit, pour calmer mes appréhensions, que les individus qui se réjouissaient si bruyamment étaient un charmant couple de Crocodiles nouvellement unis et qui fêtaient leur lune de miel. « L'époux, dit-il, est un noble exilé, ayant une haute réputation de galanterie et de sybaritisme et qui, à la suite d'événements politiques, a été obligé de quitter les régions du Nil. »

« Après m'avoir donné ces intéressants dé-
tails, il voulut à tout prix me présenter à ces
Sauriens avec lesquels il entretenait de bonnes
relations de société. Nous trouvâmes dans un
cabinet particulier les deux époux buvant et
chantant autour d'une table copieusement ser-
vie, et à laquelle ils paraissaient faire le plus
grand honneur. Leurs gueules rieuses, larges,
profondes, disaient, du reste, suffisamment le
bonheur que l'heureux couple goûtait ensemble.

« Hélas ! en présence de ces deux affreux
reptiles, je n'éprouvais pas le même plaisir.
Leurs mâchoires formidables, armées de dents
acérées, leurs yeux verts garnis de paupières
jaunes, leur peau rude, raboteuse, semée de
mouchetures verdâtres me glaçaient le sang
dans les veines. Il me fallut, néanmoins, faire
bonne contenance et boire plusieurs fois au
bonheur de la trop aimable Saurienne qui, à
mon grand effroi, se complaisait, beaucoup
plus que je ne le désirais, à me faire des yeux
de Crocodile.

« Il était temps que nous sortions de là;

quelques instants de plus, et je crois que j'étais croqué! Car bien certainement la protection de mon ami le Morse eût été impuissante contre les appétits voraces de cet horrible ménage.

« La nuit approchant, mon Protecteur en-

Un souper de lune de miel.

tra dans la boutique d'un Figaro du lieu pour faire réparer le désordre de sa toilette, afin de se présenter décemment au bal qui devait avoir lieu le soir en l'honneur de la fille du Homard de distinction.

« Un Merlan était en train de coiffer une Raie-Bouclée, tout en discourant sur les affaires publiques!

« La vue de cette Raie m'impressionna dés-
agréablement. Elle était vieille et laide, pré-
tentieuse et coquette. Au moral, paraît-il, elle
ne valait guère mieux. Du reste, la vertu ha-
bite rarement chez de pareilles créatures.

« A la nuit tombante, tout le monde se ren-

Le Merlan et la Raie bouclée.

dit au bal. Il avait lieu en plein air, sur une
belle pelouse bordée çà et là de rocailles et
d'une luxuriante végétation marine, aux capricieux méandres, invitant les âmes tendres à la
rêverie. Les rayons réfractés de la lune éclai-
raient brillamment cette salle champêtre
comme autant de girandoles d'argent.

« Ce tableau ravissant, les sons mélodieux

de la musique, placée dans un bosquet voisin, plongèrent mon âme dans une douce mélancolie.

« Je pensai alors au désespoir de mes pauvres parents qui en ce moment pleuraient ma mort ! A ce triste souvenir, des larmes amères

Un bal de Homards et de Crevettes.

sillonnèrent mes joues amaigries par les terribles émotions que je venais d'éprouver.

« Bientôt les quadrilles se formèrent, et le bal commença, avec l'entrain et la gaîté qui conviennent à ces sortes d'amusements.

« La Mariée était vraiment charmante avec sa belle couronne de nénuphars et sa toilette simple et de bon goût. Elle ouvrit le bal avec son Époux, jeune diplomate de grand avenir et non moins charmant qu'elle. Pour faire honneur à la famille de ce couple si bien assorti, les premiers quadrilles ne furent composés que de Homards, de Langoustes et de Crevettes, et ces danseurs si singuliers me jettèrent dans le plus complet ébahissement par la grâce et par la légèreté avec lesquelles ils exécutaient les pas les plus risqués et les plus excentriques ; leurs gestes et leurs poses grotesques faisaient pouffer de rire tous les spectateurs.

« Le mouvement, la joie, la folie ne tardèrent pas à se propager partout et le bal devint général. Alors mon ami le Morse, se laissant entraîner comme tout le monde, prit activement part à la fête en compagnie d'une belle Lionne de mer, aux charmes de laquelle il ne paraissait pas insensible.

« Je restai ainsi seul, livré à moi-même, au milieu de ce mouvement universel où la décence se mêlait au laisser-aller le plus naturel.

« Dans l'ébahissement où me plongeaient des choses si étranges, si récréatives, je ne m'aperçus pas, tout d'abord, que j'étais l'objet d'une attention particulière de la part d'un gracieux petit individu moitié poisson, moitié oiseau, lequel tournoyait en tous sens autour de moi, ne sachant comment m'adresser la parole. Enfin nos regards s'étant rencontrés, un double courant sympathique nous attira l'un vers l'autre, et la conversation la plus cordiale s'engagea entre nous.

« Grand Dieu ! je n'étais pas encore au bout de mes peines !

« Mon nouvel ami m'apprit, les larmes aux yeux, que, sur les excitations de la vorace Saurienne, au bonheur de laquelle j'avais bu quelques heures avant, les rédacteurs de l'*Anthropophagie* avaient formé un complot contre ma vie.

« A cette affreuse nouvelle je restai anéanti !

« Hélas ! faire les frais d'un festin de Requins et de Crocodiles n'était pas une bien riante perspective !

« Il paraît que les conjurés avaient choisi la sortie du bal pour mettre à exécution leur forfait, comptant sur le désordre qui résulte toujours de la fin d'une fête pour tromper la surveillance des autorités.

« Cependant le bon poisson-volant, qui était un gracieux Exocet aux reflets azurés et argentins, parvint à me rendre un peu de tranquillité, en m'assurant qu'il saurait déjouer la trame homicide de mes redoutables ennemis.

« Aussi, dès qu'un immense hourrah eut annoncé la fin du bal, il me prit par la main et, m'entraînant rapidement hors de la foule, il me conduisit à travers les sentiers les plus déserts dans une mystérieuse grotte qui lui servait de demeure ; et là, m'ayant fait asseoir, il me donna un salutaire cordial pour ranimer mes forces épuisées.

« Après une heure de repos, nous nous remîmes en marche à la faveur des ténèbres. Oh ! bonheur ! nous rencontrâmes en chemin mon premier ami le Morse qui, ayant eu vent du complot formé contre moi, me cherchait, plein d'anxiété, dans tous les coins et recoins. Nous tombâmes avec effusion dans les bras l'un de l'autre, heureux de nous revoir !

« Puis tous les trois, moi soutenu par mes

deux bons amis, nous reprîmes rapidement notre course pour fuir au plus vite ces parages si dangereux pour mes jours. Après un assez long voyage, nous arrivâmes sans encombre sur un banc de rocher qui s'avançait insensiblement dans la mer, et nous y prîmes pied. C'était sur cette plage inconnue que nous devions nous séparer !

« Là, au milieu du silence solennel de la nuit, n'ayant pour témoins que les étoiles scintillant au firmament, nous nous fîmes les plus touchants adieux, regrettant amèrement, les uns et les autres, de voir si tôt rompues des relations si bien commencées. »

IV

« Lorsque mes deux amis furent partis, je m'assis tristement sur le rocher où nous avions abordé, et longtemps je suivis des yeux, à la clarté des rayons argentins de la lune, le sillage lumineux qu'ils traçaient dans l'onde amère.

« Quand je les eus perdus de vue, je me sentis saisi d'une vague terreur ! Où étais-je ? qu'allais-je devenir sur cette terre inconnue ?

« Hélas ! j'étais seul maintenant dans le monde, pas un ami pour me protéger ? O mes pauvres parents, m'écriai-je, pourquoi ai-je été un si mauvais fils ? Et, en proie au plus violent désespoir, je tombai à genoux et j'implorai Dieu de prendre en pitié ma peine.

« Au même instant, un Rossignol, perché sur un arbre voisin, lança dans les airs les notes perlées de sa mélodieuse chanson.

« L'harmonieux chantre des nuits, en rompant ma solitude par ses cantiques d'actions de grâces jetés à tous les échos, apporta quelque soulagement à ma douleur.

« Je me sentis alors moins seul, moins isolé ; la terre sur laquelle j'étais égaré n'était donc pas complètement déserte.

« A ce moment, une voix forte cria derrière moi : « Qui vive ? »

« A ce cri je me retournai vivement, et, à quelques pas, j'aperçus un gros Pompier dont le monstrueux abdomen balavait presque la terre, et qui, la main majestueusement posée sur son fusil, me toisait d'un air plutôt étonné que méchant.

« Croyant avoir affaire à un homme, je m'élançai, tout joyeux, vers le placide soldat ; mais quelle ne fut pas ma stupéfaction de reconnaî-

Tortue pompier.

tre sous l'habit militaire une énorme Tortue.

« Je fis un soubresaut en arrière; mais le Pompier amphibie, s'avançant majestueusement vers moi, me mit la patte au collet en s'écriant: « Halte-là ! » Puis il me demanda, d'un ton qu'il voulait rendre sévère, ce que j'étais venu chercher dans ce pays.

« A défaut de papiers, je lui racontai, comme au Morse, mon histoire !

« Au touchant récit de mes malheurs, la Tortue, qui ne demandait pas mieux que de quitter son air sévère, s'empressa de me consoler ; je vis même, à la clarté de la lune, une grosse larme-sillonner sa joue bronzée par le soleil. A mon tour, je lui sautai au cou, et long-temps je tins pressé sur mon cœur sa bonne et laide figure.

« Ces instants de tendresse passés, la Tortue me donna quelques renseignements sur le pays où j'avais abordé.

« Je me trouvais, me dit-elle, dans une République d'animaux terrestres, gouvernement démocratique dont le pouvoir exécutif était exercé par un Président à vie, lequel était un vieux Lion renommé par sa sagesse. La capitale de l'État s'appelait Zoopolis ; c'était une ville florissante, située non loin de l'endroit où nous étions.

« Aux questions que je fis à la grosse Amphibie touchant sa position sociale, elle répondit qu'elle faisait partie de la milice nationale,

et qu'à cause des dons que lui avait octroyés
la nature, elle avait été mise en sentinelle sur
le rivage de la mer pour surveiller les mouvements insurrectionnels d'une bande de flibus-
tiers nommés Crocodiles, lesquels venaient
beaucoup trop souvent troubler, par leur vorace appétit, la tranquillité des bons citoyens
de la République.

« Au nom de Crocodile, je me sentis frémir
de la tête aux pieds; et je pris, à la hâte, congé
de la placide pompière, malgré ses efforts énergiques pour me retenir.

« Déjà les lueurs crépusculaires du matin
commençaient à colorer l'horizon de rose; le
jour enfin allait paraître. De temps en temps,
on entendait dans le lointain les voix des ré-
veille-matin de la république: tantôt celle d'un
chien vigilant, tantôt celle d'un tendre agneau,
tantôt celle d'un fier taureau. Tous ces bruits
confus me causaient un plaisir immense, d'autant plus que le jour, en dissipant mes terreurs,
allait me permettre de me rendre un compte
exact du nouveau pays où la Providence m'a-
vait conduit.

« Un arbre se trouvant sur mon chemin, je m'élançai sur ses branches, et là, caché dans son feuillage touffu, je jetai curieusement les yeux autour de moi. Je vis d'abord de plantureux pâturages au milieu desquels, mollement couchés, se reposaient toutes espèces de ruminants et de solipèdes ; puis de verdoyantes forêts où dormaient probablement d'autres animaux d'un ordre moins pacifique ; enfin, dans le lointain, au pied d'une riante colline, une grande ville pittoresquement bâtie, sans doute la capitale de la république.

« Pendant que, rassuré par le tableau calme et tranquille qui se déroulait sous mes yeux, je réfléchissais à la nouvelle existence que j'allais mener au milieu d'une société d'animaux plus ou moins civilisés, je vis, à une centaine de pas de moi, se promener tranquillement, les mains dans les poches, un charmant Agneau qui examinait avec des yeux de propriétaire un beau champ de trèfle. Le maintien simple et modeste de ce promeneur matinal prévenait en sa faveur ; aussi m'inspira-t-il tout de suite une certaine sympathie que tout l'ensemble de sa personne justifiait parfaitement.

« Après avoir longtemps examiné ce bel échantillon de la race ovine, je portai mes regards d'un autre côté, et j'aperçus tout à coup sortir d'un épais fourré deux chenapans à la

Mauvaise rencontre.

mine sinistre, aux vêtements débraillés, qui, à pas de loup, s'avançaient hypocritement vers le placide personnage.

« A la vue de ces rôdeurs de grands chemins, j'eus, malgré moi, un triste pressentiment qui, hélas ! ne fut que trop bien justifié. A peine, en effet, avais-je eu le temps de réfléchir aux

4

moyens de déjouer les mauvais desseins de ces Loups vagabonds, car c'étaient des loups, que, s'élançant comme une bombe sur le pauvre agneau, ils le poignardèrent impitoyablement ; puis, ayant chargé son cadavre sur leurs épaules, ils prirent la fuite.

« A mes cris, deux Dogues, en costume de gendarmes, qui faisaient une patrouille matinale, étant accourus, s'élancèrent vigoureusement à la poursuite des assassins, qu'ils parvinrent à attraper et qu'ils conduisirent, bien garrottés, en prison, au milieu des imprécations de la foule indignée.

« Ému, troublé du sinistre événement, je descendis de mon observatoire, et, le cœur oppressé, j'allai me mêler au groupe nombreux qui entourait le corps de l'innocente victime. Là, je fus témoin d'une scène déchirante qui ne s'effacera jamais de mon esprit : le vieux père et la vieille mère du malheureux Agneau se livraient au plus violent désespoir sur les restes inanimés de leur pauvre enfant, le seul soutien, le seul espoir de leur vieillesse.

« Tout le monde sanglotait, et, comme

tout le mode, je versai d'abondantes larmes.

« Enfin, les autorités constituées ayant dressé procès-verbal du meurtre, le cadavre, suivi d'une foule éplorée, fut transporté au domicile du défunt, où on lui fit de belles funérailles.

« En suivant machinalement la foule, je m'étais aperçu que, malgré l'émotion générale, ma personne était l'objet d'une certaine attention. On me toisait avec curiosité, puis on se regardait en se faisant des signes incompréhensibles à mon intelligence humaine. Mais, dans mon ignorance des choses de la vie, je me préoccupais fort peu de tout ce manège.

« Hélas! c'était bien à tort, car dans le monde on doit se préoccuper de tout; on trébuche souvent à un caillou.

« J'étais à peine depuis quelques heures à Zoopolis, qu'au milieu d'une rue, comme je m'y attendais le moins, je fus saisi au collet par deux Dogues-gendarmes qui, sans autre forme de procès, me conduisirent brutalement en prison.

« D'abord abasourdi d'un pareil procédé, je gardai un sombre silence; mais revenu à moi, je me mis à trépigner comme un possédé et à pousser des cris furieux en protestant contre l'acte arbitraire dont j'étais l'objet.

« Mais les ricanements sinistres des deux Loups, enfermés à côté de moi, répondirent seuls à mes imprécations.

« Ennuyés même, bientôt, du vacarme que je faisais, j'entendis les deux assassins délibérer froidement entre eux, s'ils n'enfonceraient pas le mur qui nous séparait, pour faire cesser mes cris par des moyens énergiques.

« Je me le tins pour dit et je gardai un silence prudent, m'estimant presque heureux qu'on ne m'eût pas enfermé dans le même compartiment que les deux scélérats. Que serais-je devenu? Je m'accroupis alors dans un coin obscur de mon cachot, afin de prendre un peu de repos dont j'avais grand besoin.

« Je sommeillais, les yeux entr'ouverts, depuis quelques instants, lorsque je vis s'avancer à pas lents, vers moi, une affreuse bête qui, dans ma frayeur, me parut énorme.

« Sa tête était horrible et d'un aspect sinistre: son ventre était obèse, ballonné; ses bras,

ses jambes, très ténus, très longs, étaient cou-
verts, ainsi que tout son corps, de poils noirs
et rudes ; enfin tout l'ensemble du monstre était
si hideux, si sale, si immonde, qu'on se sentait
défaillir rien qu'en le regardant.

Triste réveil.

« Une sueur froide m'inonda des pieds à la
tête, et, dans un suprême effort, je poussai un
effroyable cri qui n'avait rien d'humain. Tout à
coup je me sentis saisir et emporter dans des
bras vigoureux ; recommandant alors mon âme
à Dieu, je perdis connaissance. .

« Je ne sais combien de temps dura cet état ;

4.

mais lorsque je rouvris les yeux, je fus bien étonné d'être encore de ce monde; mon étonnement redoubla lorsque je vis devant moi un Rat géant à l'œil doux et bon, qui m'entourait des soins les plus délicats. Ah! ce rat n'était pas un rat ordinaire; c'était vraiment un rat hercule aussi bon que fort. Du reste, la bonté et la douceur sont généralement les compagnes de la force. Y a-t-il rien de plus hargneux, de plus méchant qu'un roquet?

« Ce gros Rat était de la noble race des Ratapolis si anciennement illustre dans la grande famille des trotte-menu. Il portait le beau nom de Ratapon et, à l'exemple de saint Vincent de Paul, il consacrait sa vie au soulagement et à l'éducation des orphelins.

« Passant par hasard devant ma prison, il avait entendu mes cris et il était accouru, supposant avec raison qu'il y avait une âme à soulager; il m'avait enlevé dans ses robustes pattes, juste au moment où l'horrible monstre, qui n'était autre qu'une grosse Tarentule, s'apprêtait à me saisir.

« La demeure de mon sauveur, commode et

spacieuse, était un véritable grenier d'abondance toujours ouvert aux malheureux. Touché de mes infortunes, il me traita comme un

Entre les bras de Ratapon.

père et se porta pour moi caution auprès des autorités ; car, il paraît qu'on m'avait cru complice des deux Loups assassins, malgré les cris d'appel que j'avais poussés au moment du meurtre.

« Mes affaires avec la justice étant ainsi réglées, à mon entière satisfaction, le bienfaisant Ratapon m'offrit de me faire les honneurs de la République.

« Je fus vraiment étonné de l'ordre qui régnait dans c ette Démocratie animale. Je n'aurais jamais cr u que des Bêtes fussent susceptibles de tant de sagesse et d'intelligence, quoique certainement mon ancien ami Pollux et les premiers compagnons de mon enfance, dans la basse-cour de la maison paternelle, eussent dû m'en donner l'idée.

« Mais il m'était réservé de tomber d'étonnement en étonnement !

« Un jour que je questionnais le bon Ratapon sur les architectes et les ouvriers qui avaient bâti Zoopolis, convaincu que ce ne pouvaient être que des individus de mon espèce, mon ami, évitant de me répondre, me conduisit devant une maison en construction ; et là, quelle ne fut pas ma stupéfaction de voir, grimpés sur des échafaudages, non des Hommes, mais des Castors, qui, comme de vrais Limousins, étaient occupés à la construction de l'édifice.

« J'avais bien entendu parler vaguement à

Les Castors maçons.

l'école de M. Brindoison, de l'intelligence de
ces industrieux animaux; mais véritablement

je ne les croyais pas capables d'arriver à une pareille perfection de travail ; et ces braves Castors remplissaient leur tâche avec la sagacité, la gravité et l'entrain de gens convaincus de l'importance et de l'utilité de leur besogne.

« Le spectacle que m'offraient les évolutions pittoresques et animées de ces intelligents travailleurs me fit vraiment goûter un immense et honnête plaisir.

« Ah ! je compris alors combien devait être réel le bonheur d'individus qui travaillaient si consciencieusement et si bien.

« J'enviai ardemment leur sort, car le spectacle de gens laborieux est toujours entraînant.

« Aide-toi et le ciel t'aidera, comme dit le proverbe.

« Cependant l'affaire des Loups assassins ayant été promptement instruite, on procéda à leur jugement. Le jury était composé de divers animaux ; un Éléphant présidait les débats ; un Léopard remplissait les fonctions d'accusateur public ; un Renard était chargé de la défense des meurtriers.

« Après l'interrogatoire des accusés, on passa à l'audition des témoins dont j'étais le plus important.

« L'Accusateur public prononça ensuite son réquisitoire avec une énergie égale au talent, comme toujours, appelant sur la tête des coupables le dernier châtiment, c'est-à-dire la peine de mort.

« A son tour, l'Avocat des accusés prit la parole, et avec la souplesse et la ruse d'esprit dont un vieux Renard est capable, il plaida, la culpabilité étant patente, les circonstances atténuantes.

« Il présenta d'abord ses clients comme de pauvres orphelins qui, malheureusement, trop tôt privés de la protection tutélaire de leurs parents, s'étaient livrés sans frein à tous les débordements de la jeunesse; ajoutant qu'au moment où le crime avait été commis, les accusés étaient dans un état complet d'ivresse, et que, dans cet état déplorable, si voisin de la folie, ils avaient été incapables de résister aux regards provocateurs de la victime, personne n'ignorant, dit-il, que depuis que le monde est monde, la race ovine est l'ennemie jurée de la race lupine.

« Un murmure général de désapprobation accueillit les étranges théories de l'audacieux Avocat, et le Président, ayant prononcé là clôture des débats, en fit un résumé impartial, clair et succiuct ; mais, malgré son impartialité, il ne put s'empêcher de faire ressortir les révoltantes invraisemblances de la défense.

« Les Jurés se retirèrent aussitôt pour délibérer, et après cinq minutes de discussion, étant rentrés en séance, ils déclarèrent à l'unanimité et sans circonstances atténuantes les accusés coupables. Alors le Président se couvrit et prononça d'une voix forte et solennelle la peine de mort contre les coupables.

« Cet arrêt terrible, qui provoque généralement des sentiments de commisération, fut au contraire accueilli par les applaudissements unanimes de l'auditoire, tant les condamnés, par leurs déplorables antécédents et par leur crime abominable, excitaient peu de sympathies.

« Aux applaudissements du public, les Accu-

sés répondirent par des imprécations. Ils tirè-
rent la langue au Président, firent une affreuse
grimace aux gendarmes et poussèrent des hur-
lements qui donnèrent une crise de nerfs à deux

L'école de natation.

souris blanches venues à l'audience avec notre
ami Ratapon.

» Heureusement les coquins étaient solidement attachés, et l'on eut bientôt raison de
leur fureur.

« Mais, ce qui m'étonna beaucoup, la peine
capitale, selon moi, supprimant toutes les autres, on les condamna en outre à huit jours de

prison pour offense au Président. Je me demande comment, après leur mort, ils auront
pu faire leur prison !

« Mais on m'assure que les choses se passent
ainsi chez les hommes. Par conséquent, c'est
moi qui ai tort.

« Les lois de la République n'admettant, du
reste, ni pourvoi, ni recours en grâce, les condamnés furent conduits sur-le-champ au sup-
plice, au milieu d'un concours immense de
Bêtes, et pendus haut et court aux branches
de l'arbre qui m'avait servi d'observatoire, et
à quelques pas de l'endroit où le crime avait
été commis.

« La justice animale satisfaite, Zoopolis, un
moment troublée par les péripéties du drame
qui venait de se dérouler, rentra dans son
calme ordinaire, et, le bon Ratapon et moi, nous
reprîmes nos promenades habituelles.

« Un jour que nous suivions les bords riants
d'une limpide rivière, j'aperçus de loin un
grand rassemblement d'animaux de toutes espèces qui, d'après les joyeux éclats de rire qui
parvenaient jusqu'à nous, semblaient se livrer

à de grands divertissements. Ayant interrogé à

Les Ours au mât de cocagne.

ce sujet mon mentor, il m'apprit que c'était un établissement de bains où les habitants de Zoopolis venaient se livrer aux plaisirs de la natation.

« Nous étant approchés, je vis là, fraternellement mêlés, une foule de grands et de petits citoyens qui s'amusaient à piquer des têtes dans l'onde claire, au grand amusement d'une nombreuse galerie groupée sur les bords.

« Une Girafe, dont le fond du caleçon représentait une lune, excitait surtout l'hilarité générale par la manière excentrique avec laquelle elle cherchait à imiter les brasses, les coupes et les plongeons des Grenouilles et des Cormorans.

« Tout cela était véritablement amusant et entièrement inattendu pour moi.

« Pendant mon séjour à Zoopolis, fut célébrée la fête nationale de la République. Ce jour-là, dès le matin, la ville, pavoisée de nombreux drapeaux, avait un air inaccoutumé. Par l'ordre de l'autorité, des secours de toutes sortes furent distribués aux malheureux, sous la haute surveillance du respectable et vertueux Ratapon; puis, vers l'heure de midi, tous les citoyens, riches et pauvres, vêtus de leurs plus beaux habits, vinrent se confondre dans les mille jeux et spectacles établis sur la grande place de la cité. Les mâts de cocagne attirèrent surtout mon attention : divers animaux de toute taille y firent assaut d'adresse et d'agilité pour s'emparer des prix riches et nombreux qui en ornaient le sommet; mais, malgré leur lourdeur apparente, les Ours sortirent vainqueurs de la lutte, aux applaudissements universels de la foule.

V

« Déjà depuis quelque temps, je vivais dans le monde des Animaux, lorsque, poussé par ma curiosité ordinaire, il me prit fantaisie de savoir ce qui se passait par delà les monts que je voyais s'élever majestueusement à l'horizon.

« Muni d'un sauf-conduit et de lettres de recommandation pour les autorités des pays que je pouvais traverser, je partis par une belle matinée d'automne, après avoir témoigné au vertueux Ratapon l'expression de ma plus vive reconnaissance.

« Je parcourus d'abord une grande et belle plaine où s'étalaient les plus divers et les plus beaux produits de l'agriculture, et j'arrivai au pied d'une haute et verdoyante colline dont le sommet se perdait dans les nues.

« Je m'arrêtai là quelques instants pour me reposer, puis je m'engageai dans les sentiers inextricables de la montagne. Après une marche longue et pénible, vers la fin du jour, je parvins, harassé de fatigue, à une vaste clairière entourée d'arbres séculaires. Je m'assis au pied d'un gros chêne et ouvrant une besace remplie de provisions, je me mis à manger avec l'appétit d'un garçon de douze ans qui vient de faire une longue route.

« Quand j'eus fini mon repas, le soleil commençait à descendre à l'horizon, et ses derniers rayons, dorant le feuillage de la forêt, lui donnait quelque chose de fantastique. Bientôt la nuit descendit insensiblement et les arbres projetèrent autour de moi leur ombre mystérieuse. Voyant qu'il serait imprudent, à cette heure, de pousser plus loin mon excursion, je fis mes préparatifs pour passer la nuit, le plus confortablement possible, où je me trouvais. La fatigue aidant, je ne tardai pas à tomber dans un profond sommeil.

« Au point du jour, je fus éveillé par un bruit étrange ressemblant au murmure lointain de la mer, mais il avait quelque chose de particulier. Désirant en connaître la cause, je me levai à la hâte, et je continuai l'ascension de la montagne. A mesure que j'avançais, le bruit devenait de plus en plus distinct, et me faisait l'effet d'un concert discordant de cris d'oiseaux de toutes espèces.

« Enfin, j'arrivai, non sans peine, au sommet de la montagne et je me trouvai au bord d'une grande nappe d'eau. J'allais continuer ma route, lorsque j'aperçus un singulier personnage, coiffé d'un grand chapeau de paille, qui, les jambes dans l'eau, s'amusait à pêcher à la ligne. Je m'avançai, la casquette à la main, vers lui, et je reconnus avec surprise, sous le modeste vêtement de toile qui le couvrait, un Cormoran, dont le bec long, droit et robuste était surchargé d'une énorme paire de lunettes.

« Son air nigaud m'engageant à lui adresser

la parole, je lui demandai, après les premières
politesses d'usage, quelle était la cause du vacarme qui, depuis le matin, troublait la solitude.
Le pêcheur m'apprit, avec un sourire narquois,
que les habitants de l'air s'amusaient à changer

Un Égoïste.

leur constitution politique; qu'après avoir vécu
pendant des siècles en petites républiques fédé-
ratives, ils s'établissaient en monarchie universelle; et que, pour cela faire, des assemblées
populaires se tenaient en ce moment à Ornithopolis, ville voisine, célèbre dans les fastes de
l'histoire des Oiseaux.

« Je lui demandai tout naturellement pourquoi, en qualité d'oiseau, il n'assistait pas à

ces assemblées; il me répondit que, content de
son sort, il ne se souciait pas plus d'un gouvernement que d'un autre, et ne voulait en rien se
mêler des affaires publiques, tant que les sien-
nes seraient prospères, et surtout tant que les
poissons, sa nourriture de prédilection, ne
s'insurgeraient pas contre la pêche à la ligne,
en refusant de mordre à l'hameçon. Du reste,
continua-t-il, les révolutions ne se font qu'au
profit des ambitieux et qu'au détriment des
imbéciles; celle qui bouleverse en ce moment
le Monde des Oiseaux, est l'œuvre d'un Roitelet,
illustre orateur de mes amis, qui, à force d'in-
trigues, de savoir-faire et de persévérance, est
parvenu à monter, pour la monarchie, toutes
les têtes, excepté pourtant la mienne; car je le
connais trop bien pour me laisser prendre à ses
belles paroles. Et puis, dites-moi, jeune étranger, où pourrais-je être mieux que je ne le suis
ici, dans cet Eldorado? Avouez que je serais
bien fou de me préoccuper des malheurs des
autres. Après moi, le déluge !

« Indigné de l'égoïsme de ce Cormoran qui
me parut fort peu mériter le surnom de *Nigaud*

que les naturalistes se plaisent à donner aux
individus de son espèce, et convaincu qu'avec
un pareil partisan du bonheur personnel, toute
discussion serait inutile, je le quittai d'un air
de froideur, dont il ne parut pas s'apercevoir,
tant il était préoccupé de lui et de sa pêche, et
je poursuivis mon chemin, pensant, à part moi,
que si les révolutions sont souvent l'œuvre des
ambitieux, elles sont aussi, hélas! non moins
souvent, l'œuvre des égoïstes.

« Pendant que je me livrais, chemin faisant,
à ces réflexions philosophiques, mais peu con-
solantes, je vis s'avancer rapidement vers moi
un grand Échassier de six pieds de haut, volant
plutôt que courant, et qu'à sa tournure gro-
tesque, à son vêtement gris-cendré, à ses longues jambes maigres comme des bâtons, à sa
petite tête coiffée d'un képi, à la boîte qu'il portait en bandoulière derrière le dos, je reconnus pour une Grue facteur rural. Malgré son
air vélocipède, je voulus l'interroger, supposant
qu'un porteur de nouvelles administratives ne
pourrait que m'en donner de bonnes sur les
événements qui s'accomplissaient dans le voisi-

nage. Mais l'Oiseau-Flamberge, tout orgueil-
leux encore, malgré sa déchéance présente, du
rôle important que jouèrent jadis ses ancêtres
dans les fastes de la mythologie, de la vénerie
et de l'histoire, me toisa d'un air aussi hautain

Un facteur d'Ornithopolis.

que ridicule, et passa son chemin, dédaignant
de répondre à un pygmée comme moi.

« Assez mortifié d'une pareille insolence, je
me dirigeai vers un clocher que j'apercevais
dans le lointain et qui devait être la cathédrale
de la fameuse Ornithopolis, cette Babylone des
Oiseaux.

« Après une demi-heure de marche, j'arrivai
aux portes de la célèbre cité, car c'était bien

Ornithopolis, ainsi que l'indiquait un poteau placé sur la route. Les premières personnes qui frappèrent ma vue, furent deux vieilles commè-res, une marchande de poissons et une con-

Bavardes comme deux Pies borgnes.

cierge qui, comme des Pies borgnes qu'elles étaient, bavardaient à qui mieux mieux. A leurs gestes animés, à leur bec toujours ouvert, à quelques bribes de conversation que je saisis au passage, je compris que les deux sempiter-nelles bavardes s'entretenaient, à leur façon, des affaires publiques. Mais peu soucieux de lier conversation avec de pareilles femelles, je continuai ma route, et je me trouvai bientôt en plein forum, au milieu de la foule la plus

Un Choc de deux opinions.

étrange, la plus criarde, la plus assourdissante qu'il est donné à un mortel de rêver.

« Pendant que je regardais, tout ahuri, ce singulier spectacle, je vis à quelques pas de moi deux fiers gaillards, de l'orgueilleuse race des Coqs de combat, qui, à leur manière de procéder, ne paraissaient pas être parfaitement d'accord sur les principes politiques à appliquer à la nation emplumée. A leur costume si différent je devinai facilement en eux un adepte de la République démocratique et sociale et un partisan de la Monarchie. A bout de bonnes raisons, les deux intrépides champions, la rage dans les yeux, la haine dans le cœur, la poitrine en avant, la tête en arrière, cherchaient à coups de becs et à coups d'éperons à prouver réciproquement à la nombreuse galerie qui les entourait, la supériorité de leurs principes politiques.

« Désespérant de trouver, au milieu de ce tohu-bohu, une figure sympathique qui voulût bien me piloter, j'allai m'asseoir dans un coin, pour attendre les événements. Au même instant passa près de moi un Canard vendeur de journaux, criant d'une voix glapissante : « Un sou ! un sou ! rien qu'un sou ! l'*Aigle*, le moins cher, le plus complet, le mieux renseigné, le mieux rédigé de tous les journaux ! » Je m'empressai d'acheter le journal modèle et j'appris que le soir même l'assemblée générale de tous les délégués de la nation emplumée devait élire le premier souverain destiné à la gouverner. Mais le titre et l'esprit du journal me renseignèrent suffisamment sur le candidat que l'*Aigle* jugeait le plus digne du suffrage de ses concitoyens.

« A la nuit, les délégués venus de toutes les parties du monde, se pressaient dans une vaste salle brillamment éclairée. Un vieux Kakatoès, renommé par sa haute sagesse, ayant été élu président, ouvrit bientôt la séance par quelques paroles bien senties, rappelant à l'assemblée les devoirs sacrés que les intérêts de la nation lui imposaient.

« Mais les paroles de l'honorable Président ne parurent pas, d'abord, faire grande impression sur l'illustre aréopage. Tout annonçait que la séance serait orageuse ; évidemment les mauvaises passions y dominaient ; tout le monde parlait à la fois ; dans toutes les parties de la salle on n'entendait qu'insultes et quolibets : l'Aigle raillait le Hibou sur sa vue ; la Tourte-relle parlait mal des mœurs et du caractère sanguinaire de l'Épervier qui, à son tour, ridi-culisait celle-ci de sa faiblesse ; le Rossignol et la Fauvette faisaient de piquantes plaisanteries sur le cri peu harmonieux de l'Aigle ; le Geai et

la Pie, apostrophaient le Corbeau sur sa mine
de corbillard, et reprochaient au Moineau son
air commun et vulgaire. Enfin, le tumulte était
à son comble. Alors le Président, indigné d'une
pareille conduite, se leva furieux, et d'une voix
aussi énergique que criarde, étant parvenu à
dominer le tumulte, il fit entendre à l'assemblée ces sages et sévères paroles : « Citoyens,
« ne rougissez-vous pas de choisir un moment
« aussi solennel pour vous abandonner à un
« pareil désordre de bec ? N'avez-vous pas honte
« de vous livrer ainsi à de misérables querelles,
« au lieu de vous occuper des intérêts précieux
« que la nation a confiés à votre haute sagesse ?
« Revenez donc à de meilleurs sentiments,
« cessez de vous railler sur vos défauts person-
« nels ! Vous êtes, croyez-moi, tous égaux en
« mérite ; si vos qualités sont différentes, c'est
« que le Créateur de toutes choses vous a des-
« tinés à des fonctions différentes. L'Aigle, né
« pour les combats, ne peut pas avoir la voix
« harmonieuse du Rossignol et de la Fauvette ;
« son cri doit être l'expression de la force et de
« la puissance ; si les yeux du Hibou pouvaient

« soutenir l'éclat du soleil, comment cet Oi-
« seau de la nuit verrait-il dans les ténèbres
« pour surprendre les insectes et les reptiles
« dont il a mission de purger la terre ; les or-
« ganes délicats du Rossignol et de la Fauvette
« en font les chantres harmonieux de la nature,
« et non des héros de combat ; la Tourterelle,
« symbole de l'affection, est destinée à couler
« des jours heureux sous les ombrages pleins
« de mystère. Oubliez donc, citoyens, vos que-
« relles injustes, et restez ce que vous êtes,
« sans orgueil comme sans regret. Ne voyez
« dans vos dissemblances que des contrastes
« utiles et non des défauts ; la Providence sa-
« vait ce qu'elle faisait lorsqu'elle vous a créés ;
« cessez de l'insulter, et souvenez-vous que la
« patrie vous contemple ! »

« Ces paroles soulevèrent un tonnerre d'applaudissements dans toute la salle, et le silence
se rétablit comme par enchantement.

« L'Aigle en profita pour demander la parole,
et il vola à la tribune avec la gravité due à sa
race ; noblesse oblige. Il commença par remer-
cier le Président de son noble langage, puis il

aborda immédiatement la question pour laquelle
l'assemblée était réunie. Après avoir constaté
que les habitants de l'air étaient en général trop
légers pour vivre heureux en République, il fit
en termes pompeux l'éloge de la Monarchie nouvelle, qui devait réunir, en un seul faisceau, les

Le Canard marchand de journaux.

éléments si vivaces, mais malheureusement si
capricieux, si mobiles, si disparates de la gent
emplumée. « Or, citoyens, l'union fait la force !
Le salut de la nation réclame donc cette union
pour résister et pour combattre avantageuse-
ment les Hommes et les Bêtes, nos plus redoutables ennemis sur la terre. Mais pour accomplir ces belles choses, il nous faut un roi, fort,

courageux, énergique qui ne recule devant rien pour protéger et défendre ses sujets. Citoyens, ajouta-t-il avec une modestie simulée, si vous croyez que je possède ces qualités, je suis prêt à me dévouer au salut de la Patrie. »

Le Kakatoès présidant.

« Le côté de la salle occupé par les gros Oiseaux couvrit d'applaudissements les dernières paroles de l'orateur, tandis que le côté des petits se contenta de pousser de légers sifflements en signe de protestation.

« A l'Aigle le Roitelet succéda à la tribune ; il s'y précipita avec la pétulance de sa nature

« C'est avec une bien pénible émotion,
« chers Oisillons, que je vois venir le moment
« où nous allons nous séparer. Mais avant
« cette séparation, laissez-moi vous adresser
« quelques conseils.

« Appelés à jouer un jour un rôle dans la
« société, comme chefs de famille et comme
« citoyens, je ne saurais trop vous répéter
« combien vous devez mettre tous vos soins
« à vous rendre utiles. Pour parvenir sûre-
« ment à ce noble but, une seule voie vous est
« ouverte: le *travail;* car la félicité publique
« dépend surtout des citoyens occupés.

« Je sais, et je le répète avec joie, que le
« nouveau gouvernement sous lequel nous al-
« lons vivre, a résolu de multiplier les écoles,
« les chaires, les encouragements aux lettres,
« aux sciences, aux arts, à l'industrie, mais,
« chers Oisillons, que peut ce zèle sans le con-
« cours de chacun?

« Appliquez-vous, jeunes élèves, au travail;
« n'oubliez pas que le travail est l'étoffe de la
« vie. Ne gaspillez pas votre temps, car le
« temps perdu ne se retrouve plus. La faim

« regarde à la porte du travailleur, mais elle
« n'ose la franchir. Surtout ne remettez pas au
« lendemain ce que vous pouvez faire le jour
« même; et si vos bras sont trop faibles pour
« accomplir la besogne, ne vous rebutez pas
« néanmoins: à la longue les gouttes d'eau
« percent la pierre; les petits coups font tom-
« ber les grands chênes. »

« Ces sages conseils soulevèrent dans tout
l'auditoire un tonnerre d'applaudissements, et
moi qui, par ma paresse, avais fait mon malheur et celui de mes parents, j'éclatai en sanglots.

« Pour corroborer les sages paroles de maître Corax, un charmant Hirondeau-Salangane,
le meilleur élève de l'Institution vola gracieu-
sement sur l'estrade, et d'une voix aussi douce
que pénétrante, récita l'apologue suivant:

« Sur le penchant d'une verte colline, domi-
« nant une riante et fertile plaine, loin de tout
« grand centre de population, vivait modeste-
« ment le *Travail*, en compagnie de *Santé* et
« de *Satisfaction*, ses deux filles.

« La modeste famille, dédaignant tout com-

« merce avec les grands de la terre, n'entrete-
« nait de relations qu'avec les villageois, ses
« voisins, tous gens simples comme elle.

« Malheureusement ce paisible bonheur ne
« leur suffit plus. Poussés par le désir de voir
« et de connaître le grand monde, *Travail* et
« ses deux filles, quittant leur chaumière et les
« humbles compagnons de leur existence, se
« mirent en route. *Santé*, par l'enjouement de
« sa conversation, par ses chants et sa gaieté,
« charmait les ennuis de la route; *Satisfac-*
« *tion*, tout en soutenant les pas pénibles du
« vieillard, enchérissait par sa bonne humeur
« sur la vivacité de sa sœur.

« Après avoir longtemps marché à travers
« les villes et les villages, ils arrivèrent, enfin,
« à la capitale du royaume, grande cité dont
« les mœurs corrompues faisaient un lieu de
« perdition.

« A leur entrée dans la ville, poussé par un
« secret pressentiment, le père *Travail* con-
« jura ses deux filles de ne pas le quitter d'un
« instant, sous peine des plus grands dan-
« gers; ajoutant que l'ordre de Jupiter était, à

« ce sujet, si formel, que leur séparation amè-
« nerait la perte commune. Les deux char-
« mantes filles firent à leur bon père les plus
« belles promesses. Mais, hélas ! autant en em-
« porta le vent. *Santé* était trop vive, trop pé-
« tulante, pour suivre longtemps les sages avis
« paternels : elle se laissa séduire par *Liberti-*
« *nage* et bientôt elle finit tristement ses jours.

« A son tour *Satisfaction* se laissa aller aux
« doux attraits de *Paresse,* l'ennemie jurée de
« son père, et comme *Santé,* elle mourut mi-
« sérable.

« Alors l'infortuné *Travail,* inconsolable de
« la perte de ses deux filles chéries, ses sou-
« tiens habituels, s'en alla errer tristement par
« le monde, cherchant vainement le bonheur.
« Saisi, enfin, par *Lassitude,* il finit, comme
« ses filles, ses jours dans la misère.

« Que la fin cruelle du bonhomme *Travail,*
« chers camarades, nous serve de triste exem-
« ple, s'écria d'une voix émue le gracieux
« Hirondeau : fuyons, pour être heureux, *Li-*
« *bertinage* et *Paresse.* »

« Un nouveau tonnerre d'applaudissements

accueillit la fin de ce charmant et si véridique apologue; l'assistance fut même prise d'une telle émotion, qu'on n'entendit plus que des sanglots dans toutes les parties de la salle.

« A ce moment il se passa dans tout mon être quelque chose d'impossible à dire; une violente commotion bouleversa mon cerveau; mon cœur, mes yeux se contractèrent: et Oiseaux et Oisillons, avec toute la majesté de la cérémonie, s'évanouirent insensiblement à ma vue; puis tout à coup j'aperçus, ô bonheur! le père Badochet et la mère Badochette pleurant, à genoux au chevet de mon lit, sur leur malheureux fils! » . . . .

. . . .

Vous vous souvenez, chers Lecteurs, que Martial était en proie à une violente fièvre lorsqu'il eut la vision dont il vous a raconté lui-même les palpitantes péripéties, et vous avez compris, n'est-ce pas? que toutes ces aventures n'étaient qu'un cauchemar de son sommeil troublé.

Sachez maintenant que le bonheur de revoir ses parents, aidant puissamment à la guérison,

Le mérite récompensé.

no're Héros fut sur pied deux jours après.

Mais revenu à la santé, quel changement heureux se fit en lui! Ce ne fut plus le garçon dissipé et paresseux que nous avons connu. Les scènes émouvantes auxquelles, dans sa vision, il avait assisté, et particulièrement les sages entretiens du bienfaisant Ratapon et du vertueux Corax, produisirent sur son esprit une telle révolution, qu'il devint, en peu de temps, non seulement le fils le plus tendre et le plus soumis, mais encore le modèle de tous ses condisciples, à la suprême joie de M. Brindoison qui ne pouvait en croire ses yeux.

Les belles dispositions de Martial ne s'arrêtèrent pas là. En diverses circonstances où la Providence l'avait conduit, il accomplit plusieurs traits de bravoure et de dévouement qui en firent le Héros envié de la contrée entière.

Les habitants de Canon se souvenant, alors, qu'avant la Révolution, leurs pères se donnaient la douce satisfaction de récompenser tous les ans la VERTU, dans une solennelle cérémonie, voulurent rétablir cette belle et utile institution en faveur du plus digne enfant du village.

La cérémonie qui eut lieu à cet effet, et dont nous donnons un croquis fidèle, fut aussi touchante que solennelle. Elle s'accomplit sous la présidence du premier Magistrat municipal de la commune, au milieu d'un concours immense de peuple accouru de toutes parts. Là, au milieu de l'émotion générale, en présence de son père et de sa mère, ivres de bonheur, Martial reçut de ses concitoyens la plus belle récompense qu'un mortel puisse ambitionner: LE PRIX DE VERTU.

O douce illusion! il lui sembla, dans le trouble extrême que lui causait tant de félicité, entrevoir vaguement, dans un nuage de pourpre, les figures si sympathiques du *Morse*, du *Poisson-Volant*, de la *Tortue-pompière*, de *Ratapon*, de *Corax* et de l'*Hirondeau-Salangane*, toutes radieuses de son bonheur. Et à la vue de ces images chéries, il sentit d'abondantes larmes inonder son visage.

Dans le cours de sa vie, Martial se montra digne de la noble récompense qu'il avait reque : A dix-huit ans, il entra avec le premier numéro à l'École polytechnique et il en sortit dans le même rang ; quelques années plus tard il épousa Rosamonde, la charmante fille de M. Brindoison, laquelle, aux mauvais jours de son enfance, lui avait évité force punitions, et qui, plus tard, s'était associée, de toute son âme, à toutes ses joies. Aujourd'hui Martial Badochet, père heureux d'une nombreuse famille, est un des savants les plus illustres de la France.

Que sa vie, chers et jeunes Lecteurs, vous serve d'exemple.

Châteauroux. — Typ. et Stéréotyp. A. Majesté.

Original en couleur

NF Z 43-120-8.